当代诗人自选诗

哀歌与颂

邹进 著

中国书籍出版社
China Book Press

图书在版编目（CIP）数据

哀歌与颂/邹进著. -- 北京：中国书籍出版社，2019.1
ISBN 978-7-5068-7175-4

Ⅰ.①哀… Ⅱ.①邹… Ⅲ.①诗集—中国—当代 Ⅳ.① I227

中国版本图书馆 CIP 数据核字（2018）第 279041 号

哀歌与颂

邹　进　著

图书策划	成晓春　崔付建
责任编辑	尹　浩
责任印制	孙马飞　马　芝
出版发行	中国书籍出版社
地　　址	北京市丰台区三路居路 97 号（邮编：100073）
电　　话	（010）52257143（总编室）（010）52257140（发行部）
电子邮箱	eo@chinabp.com.cn
经　　销	全国新华书店
印　　刷	三河市华东印刷有限公司
开　　本	880 毫米 × 1230 毫米　1/32
字　　数	70 千字
印　　张	6.25
版　　次	2019 年 1 月第 1 版　2019 年 1 月第 1 次印刷
书　　号	ISBN 978-7-5068-7175-4
定　　价	38.00 元

版权所有　翻印必究

目录 / Contents

颂 歌

002　爱之颂
006　吃货颂
009　春天颂
013　厄运颂
016　高昌颂
021　黑暗颂
027　欢乐颂
032　酒神颂
036　老儿颂
040　良驹颂
044　母亲颂
049　女王颂
055　妻　颂
060　未鸣之歌

063　西瓜颂

068　小人颂

072　一百年后，读我的诗的那个人，你是谁啊

076　咏夏四乐章

083　日出礼赞

088　老家颂

093　月光颂

哀 歌

098　此刻，她，与上帝

101　电影手法

103　对岸的身影

105　呼　喊

108　今晨，又一只鸟飞走了（悼牛汉）

112　今晚是我末日

114　今夜雪花飘临

117　哭泣的肝脏

120　两只眼睛

123　明尼阿波利斯

125　偶尔想到民国

128　祈愿你最后的旅程

133　如果终将痛苦地死去

135　盛　宴

137　透过云层

139　亡者蛋糕（悼本达）
141　星光只在夜间闪现
143　寻找昌耀
145　一道电光闪过
147　一只鸟，又一只鸟
149　已如花香
151　月光中的记忆之马
153　大年初一，忧伤日
156　正月十五，虚位
158　致妹妹
159　今晚的风带我穿越
162　敬　礼
164　怀念我的一个亲人
172　一条越走越短的路
174　回　家
177　碑
178　告别仪式
179　那条船啊
182　生命之圈
185　大海和蓝天
187　到达南京的时刻
189　乔布斯

颂 歌

爱之颂

当我还是少年时
她就欢愉过我的心
没有任何一样东西能超过她
对我的激励
我对她敬畏又亲近
狎昵会使她跟我远离

我一生的愿望
是为她建造一座宫殿
不要那么肃穆
要有水果的香气
众神的居所,众神之神
不分嫡庶,都是一母所生
吮吸天地之露
在她的怀抱里长大

看到水中的鱼儿嬉戏
就会想到我们自己
爱是一个甜蜜的游戏
男女老幼都乐此不疲

没有哪位大师
能教会我们如何生活
只知道致知致用
却不知给我们快乐
教我们四种修为
不知道让我们欢喜
只会把我们敏感的部位
——封闭

葡萄藤蔓总是纠缠不清
但永恒的秩序也不会使人迷茫
爱永远在母腹中孕育
一旦生出就变成遍地花朵
让蜂蝶沉浸在
她的欢乐之中

而青春终将燃成灰烬
只有爱逆时间生长
因为有高山上的雪水
有众神一路的加持

无论何事何因
在此还是在彼

就是我所希望的
在最艳丽的时刻戛然而止
我的财产在这一刻最多
如谷物满仓
却不用像守财奴一样
守着它们发霉变质

因为下一刻她就转世到
另一具肉体之中

身体和灵魂
都不属于我们
未来的岁岁月月
也未知天赋几何
如果过于沉溺
就如同担心沙漏里的时间
那些无名之火
也就不足为奇

每一颗果核里的烦恼
比爱更有滋味
只有她让我能够理解

一切愿望都会化为泡影
悲痛和脆弱也会使人相信
奇迹终将发生

吃货颂

孔子
是我们的精神领袖
食不厌精,脍不厌细
孔子原来是个吃货

古时的先贤
也吃货居多
休说鲈鱼堪脍
尽西风
季鹰归未?
金圣叹临斩不惧
付与大儿、小儿示知:
豆腐干与花生米同嚼
有火腿滋味

我们是中国吃货群
入群须宣誓：
为了中国美食走出中国
永远吃下去直到闭嘴！

我们是凡间美食家
有无限美好的向往
下得了大排档
上得了米其林
吃了不白吃
必能说出子丑寅卯
严肃地对待每一场饭局
如同听一场严肃音乐

做好全城美食攻略
然后像套马杆的汉子，女汉纸
踏破铁蹄
走街串巷
把隐藏的老板，女老板挖出来
一个个尝试

如果不是为了吃
谁肯枯守一座城
谁说我们特别能吃苦
吃苦的年代早已过去

现在我们
特—别—能—吃
开心的时候，庆祝一下
难过的时候，安慰一下
无聊的时候，消遣一下
愤怒的时候，发泄一下

送上肥牛的鲜花
让心爱的女人内牛满面
这是吃货正确的表白方式
可以申报非物质文化遗产

食色性也，人之大欲
酒肉穿肠过，佛祖心中留
莫说学我如进魔道
在凡不减，在圣不增
吃吧
吃货们！
一切众生都有佛性
所有佛爷都是人

春天颂

从唐古拉山脉的主峰
格拉丹东大冰封的岗加曲巴冰川
高高尖尖的山峰下
是长江的正源
沱沱河
冰川融化的雪水
汇聚通天河
一路向下报告春天来临

年轻的老者走进春天
脸上已经布满皱纹
虽然他已疲惫不堪
但决不堕落到平庸的深渊
他专注地歌唱
让听者无不动容
哦，春天

我们彼此都是上帝
当苦难来袭
没有人能够抵挡
但是春天守护着我们的躯体
更守护心灵

诚恳的笑容
淡淡的忧伤
一幕幕彼此关爱的镜头
温暖人心
在春天,我们都可以超越本能
没有病痛不能战胜
春天给我的力量
像给我的血管鼓满了帆
亲人朋友温暖的支持
让我如履平川

尽管没有做错什么
但不知为什么
我们也会衰老
甚至疾病缠身
但我们最爱回忆的是
那些喂了狗的青春
含着泪连奔带跑地
赶往火车站接站的下午

碰撞的速度与激情
清脆明亮的山盟海誓

都伴着春天回来了
这一天我们等待了很久
不要烦躁
春天会使我们心绪不宁
那些飞滚的毛絮
也带着神的旨意
甚至工地上的噪音
都是在给我们伴奏

女王们！你们曾经都是公主
在春天里，光着脚，把阳光踩得啪啪响
而我，宁可永远做一个老王子
也不去当那个国王
春风化雨虽不能销蚀树的年轮
但每当春天来临
我就如同转世
我的心就不再是旧的那颗

啊圣洁的河流
由你腹中诞下的神灵
凡是走过或将要经过之地
油菜花都已铺满道路

再不受命运的制约

我们已被神圣垂爱

还何忧之有呢

春天已使厄运就范

此刻我们倍感陌生

那是因为,春天已经是我的新生

没有记忆的工具

让我再想起过去

不管幸福还是痛苦如此种种

我的欢快是因为我交给命运主宰

我还要遵照神的旨意

去问候每一个悲观的人

厄运颂

尽管厄运来得突然
皆因从前曾被无视而
过多请求是有害的何不以为
这是神之所示呢?

谁也无法预测
这颗分子的蜕变
将怎样决定未来
或如何毁灭人的自以为是
恒久不变又变幻不定
正是人类状况的真实之处
疼痛也是一种眼之所见的方式
在体内放射光辉

在身体构筑的宫殿里
把每一件器官视作展品

没有一件相同
都是造物主的杰作
在夜间，这座宫殿也是
灯火辉煌，随时为观摩者打开大门
人们都说，这就是神的居所
这里已无凡俗迹象

一场生命的赞歌
就由这里传出
危难时刻神才会出现
平时他神秘无比
众神之子聚集在此
他们无须饮食，只管歌唱
每一首歌都能唱出
人们心中的苦痛

读读那些美丽的歌词
都在感动着自己
于是会有奇妙的事发生
厄运也绕道而行

从此有了身体的哲学
吃饭如修行
睡觉如养生
做爱后相互道谢

期待每一次有所不同
一次比一次更加神秘
不论看到什么
总能让我感到惊奇

何不拨响所有的琴弦
让身体共鸣？
何不去幻想，此季一到
身体里都是春天
神需要赞美，他会更加卖力地
疏浚每一条血管以便漕运
那些不被关注的身体物件
终因爱抚而欣喜若狂
从而积聚起更大的力量
去召唤命运

高昌颂

我是飞向
哈喇契丹的聚集地
用鹰眼寻找
古高昌之所在
这失败的族群
逃脱女真人的追杀
从辽远之辽
水草丰美之地迁徙而来
上天重新给他们
打上了戳印
神指一点
圈定他们的家园

上亚细亚的风口
无形的防御之墙
古代的英雄

古儿汗,万汗之汗

在灭亡之际,带领部众

远避灾难

一路留下的亡魂

已经不再呻吟

都已变成了青牛白马的

神圣之灵

而在兴盛之后

他们又开疆拓土

从西夏的边界到花剌子模腹地

北到巴尔喀什湖南到阿姆河

只要有水

这里是一片沃土

上天掉下一滴眼泪

足以滋润千里

他们并不用多少时间来祷告

每一个英雄的功绩

都添枝加叶地

用来创造新神

当最后一个英雄

篡夺了国王的宝座

整个民族都因他的贪婪

遭受上帝之鞭

帕米尔高原上座座小城
哪一座不曾跟风暴对抗
纵横于山脉间的条条河流
河床虽已干涸
当冰川融化
哪一条不是夺路而走
直到它们筋疲力尽
被沙漠所吞噬

千年之后
迁徙之路早已埋没在记忆里
只有在祷告中
才能听到遥远的回声
十二重大门全都紧闭
有力的宫帐早已掩息
英雄的光辉
都是在身后闪耀

我将倾注极大的心力
重读他们的历史
以便我也融汇到
他们的血脉中去
我开始偏爱他们
目光充满爱意

因为我的女儿
就要嫁到此地

而且我不确定
我的血统里
是否也有通古斯人的基因
不然我为何钟情于此？
而且我发现我也
鼻梁高居
眼窝内陷
珠色棕黄

我正飞过高昌
如果是一只鹰
我一定会停留一下
而不是一飞而过
乘可爱的太阳还未下山
夜的垂帘还未放下
多看一眼是一眼
直到它藏进黑夜的洞穴

而日月之神
趴在两座山头上
护佑身下众人
随处飘动的经幡

为他们阻挡一切的厄运
此时我的思绪
变得温暖起来　好像
所有问题都已解决

所有让人懊悔的事
都允许重新再来一遍
每一个山头都是神的居所
朝向一片广阔的风水
白雪和喀斯特的斑斓
粉饰一座座宫殿
他们无比寂寥地
等着我来与他们宴饮

黑暗颂

黑暗降临大地
我投入你的怀抱里
群山把身体隐藏
河流把声音放低
鸟儿带着受伤的翅膀飞进树林
中箭的灵魂在天空留下痕迹
晚霞浸染过的山峦
也如死者被凭吊过的容颜
太阳落晖，祭祀开始
我们来唱黑暗颂

遥远的摇篮曲
摇动一颗动荡的心
流血的翅膀
原来受伤于毁谤的毒箭
谁能在天空上

为她找到一条更优美的路线
极乐的灵魂相互慰问
有时也忍不住哭泣

黑夜是我的法师
沉静能消除一切痛苦
尽管在黑暗中
也没有需要隐藏的野心
孤独也不会让人生出
夸大其词的懊悔
灵魂在鞭挞时才有疼痛
人在长眠中才有梦想

英雄也未必金光四射
更多的时候他像一只鼹鼠
把阳光的麦粒
深藏在它的洞穴之中
它在黑夜里埋藏金光
如同冬天的暖窖埋藏着青春
在我的黑暗身躯里
埋藏着肌肉的块垒
用它建造的灵魂楼宇
天国的使者常来常往
高贵的时代被反复吟诵
游人造访古老的国度

我胸中发出的声音

是来自天空的回响

那是塑造生命的声音

神在创造时也充满灵感

一会儿创造山川河流

一会儿换换手创造人类

但美好的命运

并不都指定给善良的人

经常也会被邪恶的人攫取

但也无奈万物皆如此

威武的守护神并没有司职

美好的灵魂升天而去

黑暗法度深藏不露

如同时辰不紧不慢

如果人类正义

神灵护佑他们

如果人类邪恶

神灵就让灾祸降临

太史曰，国之将兴神灵降世

是为了考察他们的德行

没有德行，却身居高位

迟早会成为他们的灾难

如果罪恶尚不深重

抓紧使你的万民高贵
而民众也会赋予你
适度神圣的意义

巨大的河流穿过春秋
平静得好像寿终正寝
古代的人用城墙围起一个国
而他们的家则是天下
我虽看不到他们神圣的容貌
因为渴慕仍能将死者唤醒
忠言者离开时
留下身后粗蛮的时代
直到若干年代之后
他们成了圣人
后来的君主才幡然醒悟
把他们捧到庙堂之上

我的命运并非如此
吉人自有天佑
只有在黑暗中
我才感觉到诸神就在身旁
所有天上的神，地上的英雄
以及英雄的恋人，送快递的使者
在黑暗中齐聚
宣告自己的新生

世界上从来不缺完美的人
缺的是无畏和同情
真心和正义
在你迷茫的时刻才珍贵
给他们你真实的力量吧
从此你不再责怪任何人
成千上万的手握在一起
你相信真有神助

听说婴孩夜里都加餐
思想者都在夜间思考
何不把思想扎根在黑暗中
最肥沃的土壤莫过于此
冷静寂寥的美妙
如灰烬中的生命之火
黑暗让人向内追求
自己以及自己的心
才是一切一切的根源
才是我的阳明时刻

只有星辰沉落
太阳才会升起
这是不是说白日和黑夜
将会永远对立？

这个问题留待下回再说吧
天亮以后并不便于思考
神微微睁开眼，黎明来临
辽阔原野上旭日东升

欢乐颂

(吉林大学中文系77级毕业35年班庆)

带着甜蜜微睡的预感
从此刻,我们登上归途
想象起落架无数次放下
每次心都咚地一声
降落在那条曾经
是用斯大林命名的大街上
跑道上灯光齐亮
而心却暗淡许多

有的人永远在天上飞
永远都在归途中
谁说孤独的旅人
常会在各个城市间穿梭
每一个死去的人
都带走我的一部分

同样，只要剩下最后一个
这整体就不可分割

天神之门一道道打开
每一道都在召唤
这是诗人的故乡
他们总要回到这里
还有许多人步其后尘
至少可以沾上诗人的气息
这座巨大的宫殿
已把地毯铺到足下

铺到每个人所在的城市
甚至铺到天堂和地狱
长春，坐落在我的校园
之于我，如同皇村的回忆
同志街，解放大路
寒冷的街道，如今安在哉？
如果有人在这里独自流泪
那一定就是我们

永恒的冬天！
越是寒冷的地方越温暖
只要再冷一点
人的德行就更加坚固

蒙古源流，大清龙兴之地
哪条河流不是一根血脉
让汉人细弱的血管
变得粗壮起来

一起到南湖去照一照
三十五年前的影像
你年轻得像个美人
收尽男人好色之心
自以为空前绝后的一代
大都也是一事无成
平凡年代造就出的人
虽平庸，都自命不凡

想想这些我们都会哭吧
我从不回忆这一切！
并不等于忘记
并不等于不热爱
这世界不管多冷酷
都需要富有感情的人
不管多世故
都有不忘初心的人

那是最后一年
所有的人都在谈情说爱

好像离开这里之后
再也没有爱情可寻
高贵的女神也如一切神灵
被蛮夷之人紧紧包围
如果不答应为他们生儿育女
就不能离开这里

即使下嫁到人间
也不是一件过于糟糕的事情
他们诞下的儿女
个个都有神性
奇怪的是,他们没有一个
追随父母来到此地
所有欢乐也只能
在壶里自己沸腾

天之骄子
如今都已心平气和
只是隐隐传来的歌声
穿过岁月还依稀可辨
沧浪之水又清又浑
我们都已大智大愚
口中没有抱怨
心里不存是非

同学间买卖肯定做不成
他们既怕赔钱又要讲义气
搞不好反目为仇
这又何必呢？
唯一的快乐之源
切不可用贪婪把它堵塞
所以早就死了这条心
宁可做个酒肉朋友

要让我们帮助他人
这比一切都来得容易
我们结下的君子之交
只用来享受友谊和爱情
据说每一个氏族
都有自己的图腾
对我们来说
只要有诗就已经足够

欢乐之神已经齐聚
要在这里创造一个节日
在这游牧民族的向往之地
远避瘟疫和猜忌
此时，星光遍布穹庐
灵感之手为我们摸顶
众妙之门徐徐开启
我们的幸运不止于此啊！

酒神颂

啊！朋友！
一如我对你的器重
你也无比忠贞地爱我
我的心被你滋养
至今尚未老去
每个人都有一些讨厌的伙伴
比如孤独，烦恼，忧伤
还有愤怒，以及无名之火
只要你加入进来
他们都会知趣地离开
我从来都厌恶同性的躯体
而你给我兄弟般的亲吻
我既不发火，也不躲避
还如此地享受

啊！朋友！

你是我的喜乐之神

如月神宠爱天下的孩子

一会儿让他们清醒

一会儿让他们酣睡

甜美的大自然

如风霜雨雪喜怒无常

你手里拿着神奇的魔杖

让每一张脸灼灼发光

你胸中藏着金戈铁马

也藏着和风细雨

你睡在酒窖里

如熄灭的骏马

睡在幼儿园的小床上

木质的瓶塞透着呼吸

你睡着也没有停息

还在慢慢地氧化

收集四季的花香

释放狂热的单宁

即使一颗好高骛远的心

也变得更加醇厚

此时你像一个驯服的世界

披着面纱，娇柔又羞涩

我的喜乐之神!
你把一颗颗孤僻的心
带入到群体之间
在那里,在各自的世界里
每一个人都自己做主
这是一个自由的联盟
每个人头戴灿烂的王冠
哪怕最无知的人
一样发表个人的意见
大声说话或者争吵
也不会受到训斥

充满琼浆的大河
从古代流淌而来
美丽的两岸惠风和畅
此岸陶醉了彼岸
无数的诗人和勇士
至今还活灵活现
对酒当歌,把酒问青天
一樽还酹江月
还有温酒斩华雄
杯酒释兵权
李白叔叔喝醉了
千里江陵一日还

啊！我的命运之神！
你再赐给我一个同等的时日
要与我的年龄一样长短
因我与你相见恨晚
我要与你结拜为兄弟
歃血为誓永不背叛
终有一天我要死去
我的祭奠由你主持！
我的这颗没落的心
因为你的依托又像旭日东升
我的所有的悲愁爱恨
都在化为美丽的霞光

我的个神！我的兄弟！
把快乐拿来跟大家分享
用大湖盛满美酒
把群山摆作喜庆的大殿
告诉他们强悍的时代千变万化
仍有我们的安身之处
世界有一个巨大的角落
变幻于我们的胸中
这里既有昔日的美景
也有未来的花环

老儿颂

慈悲伟大的佛陀
今日适逢父亲的节日
我要在你的面前
向我的父亲告白我的心情
我愿截取生命的一段
加持到他的身上
我和他便可以同时
走到你的跟前

在我到来之初
世界已是一个光环
他们把我当作一颗宝石
镶嵌在这戒指之上
不要以为我是按自己的意愿出生
我乃是他的神力所造就

出生时我便面容姣好

高高的鼻梁上目光炯炯

好像天上的一轮红日

被我母亲抱在怀中

他和我的母亲

如同经纬相错

我生命的云锦

如此编织而成

他的恩惠不止一日

我不知他有何所求

生来我便衣食无忧

以为这是命中注定

想想总是后怕

假如投胎在非洲的饥民当中

在烈日炎炎之下

吮吸干瘪的乳头

他随战场南北转移

而我为利禄东西奔走

一个军人

如果死于一场战争

我不仅不悲伤

还会感到骄傲

那些牺牲的年轻人
没有留下后代
甚至他们的身体
从未被女人抚摸
我仍能听见
他们的鲜血冲击着河岸
卷起一块块黄土
然后继续向前奔涌

而我，既惧怕死神
又向往牺牲
一生都在与自己的劣性斗争
因为失败而内心痛苦
尽管我还一事无成
离理想的目标总是遥远
他宽宥我的愚鲁
坚信我能成功

欢乐的时光太短
我们从未期盼
我的双脚总是出入酒馆
却很少踏入家门
世上最孤独的人
莫过于父亲
当他不再往家里搬运食物

就只能闭上嘴
他心中的委屈
对谁去说!

上帝给地球核定了人数
不会加重它的负担
让一个人出生
就要请一个人离去
我的老儿已在排队
去登那艘渡轮
望着终将逝去的身影
我才体会到人生辛酸!

如今他已如一头老象
用嗅觉寻找自己的归宿
从何时起,我每日惴惴不安
已经听到地狱和天堂的歌声
虽然披着欢乐的外衣
也掩盖不住内心的痛苦
道路终有尽头
谁也不知还有多远

良驹颂

马儿,草场就要返绿
你也要奔跑起来
你是神赐予我的幸福
我找你,已经很久很久
我守护你如同你守护我一样
你奔跑起来如有神的加持
你是我的心灵之歌
我的酒神的神圣祭司

清脆的马蹄声敲醒古代的栈道
当金莲川的太阳缓缓沉落
天穹向草原合拢
黑暗的大鸟从天而降
忽必烈的幽灵
从漠北到汉地,那便是你的来处
英雄也有一颗胆战的心

你也要受命运的支配
如果你想随心所欲的话
除非让你的心充满爱

遥远的星辰那是祝福你的目光
永久地围绕你，深情而永恒
等你健壮起来后，就带着我奔跑吧
哪怕带着我的灵魂也好
穿过荒芜的家园和倒霉的命运
困厄和黑夜总会让人坚强
草原上的风神性地抚弄你
像岁月之光在你四周形成湍流
现在我只能向你倾诉了
尽管没有言语但你心里都明白

日子终会重新盛开
芳草充满对雨露的感激
勇敢的心默默地生长
沉静的诸神在你四周围坐
开满鲜花的草原，那是你的姐姐
跟母亲一样爱你
而那河流，称你为兄弟
跟你一起打闹嬉戏
这难道就是人们常说的天国吗？
把四季当作宠儿

每一个季节都给你留下充足的食物
最严酷的冬天都无须躲避

我在天上飞行,看到下面的你
如同看到自己的影子
阳光穿透云层,给每一个山谷斟满酒
让大大小小的魔鬼和不安的神灵
都烂醉如泥,而不袭扰我们
你用奔跑昭示人生的意义
不管有没有目标,有目标最好
缄默的胸中鼓胀着那个古老的口号
没有非凡的事情,小小的愿望
一个也不会落空

当良驹变成奇骏
我便选一座山头坐下
从腾格里手中接过杯盏
把我的忧伤一饮而尽
这原野上有最娇柔的风
最亲切的草儿和温暖的雨水
在玫瑰般的霞光中一天开始
你预感到了成长如同道路要向远处伸展
当你初生,辽阔的草原已经在那里
迎接你,看到的一切都是你所熟悉

一切如故,没有一件丢失
太阳绽放,月亮隐藏,歌声回荡
四季一个不少,夏苗冬狩
你现在,除了对母亲的依恋
没有忧愁可以用来倾诉
小小心脏,终将膨胀,变成一颗雄心
现在这是你的领地,被群山环绕
伟大的命运在这里沉吟千年
古代英雄的金色宫帐
如铺满天边的彩霞

母亲颂

今天的早上
我知道最早的那束阳光
定是母亲向我投来
她俯身亲吻我
仿佛是回忆她
五十九年前的血腥一刻

为什么总是那些痛苦的事
最后反而成为我们的节日
而快乐的时光
却不值得记忆

每想到她
就会想到沉默的大地母亲
总是病痛缠身
却一声不吭

而她的呻吟，因是在夜间
只有我能听见

母亲鬓发花白
如今她对我的依恋
有如幼时我之于她
不能离开一刻
每次我张开双臂
总是投入她的怀抱
如同所有的溪流
都要流入江河
我曾经以为
当我长大成人之后
便离开她远走
从此获得了自由

她的手，皮肉已经分离
一根根青筋更能
显示她的意志
我担心某一天
银色的圣器
被顽皮的天使碰倒
圣洁的泉水泼洒一地
那时我如何收拾
她又何以

重新威严地俯视我

我如今四处漫游
像一只鼹鼠
躲在高铁车厢里
穿行大大小小的城市
感觉我的祖先
在每一处的地下长眠
一次次与他们擦身而过
就像被春意所包容

我又想到人的幼年
哪个母亲不辛苦
为什么非要诞下属于自己的儿女
不可？
那些东西一旦掉出体外
就是身外之物
每一个女人为何
都要上演这惊心动魄的一幕？

我是她爱的产物
而她把爱藏在心里
用严厉的目光
为我铺就一条成长之路
如今她像一本书一样

春风和睦
在我的枕边
悄悄细语
心中的美德
并不因衰老而熄灭
而像火种
埋在灰烬之中

这欢乐的日子
又是一个新的起点
所有的河流听我的命令
一齐向大海奔流

母亲，不要看我
只做着一件小事
那也如天体运行
自强不息
伴随着隆隆的雷声
好像古代英雄的回响
而我追随他们的脚步
越来越不可阻挡

母亲，你是我的圣殿
是藏在我心里的金光
我脚下的每一步，无论朝向哪里

都是向你走去
母亲，我是你权杖上
那颗切割过的钻石
哪怕你已颤颤巍巍
也一定要把我握在手中

女王颂

今夜满天星斗
大地屏住呼吸
天使们拾阶而下
迎接新的女王诞生
此刻,红光满室
仙鹤成群飞来,在低空盘旋
它们是神的使者
从天而降,要施以援手

在今天的夜里
我的女儿她也要当母亲
她用巨大的疼痛
为永恒的爱情奠基
而我的可爱的孙女已如满月
正拼命地挣脱引力
顺着温暖的羊水游进天空

与蟾宫的玉兔结为玩伴

谁说伟大的功业
都是男人的事?
我的女儿,凭一己之力
就将千年的血脉接续
这沉醉的力量
来自于古老的诗歌
期盼已久的啼哭
一点也不陌生

而她与世隔绝
坐忘于母腹当中
天上一日
地上已是千年
亲人的目光织成褴褛
温暖又舒坦
只要在母亲的怀里
还何患之有呢!

我们在啼哭声中
讨论人的神性
这个闭着眼的小人儿
日后是坐乎杏坛之上呢
选泽中高处,弦歌鼓瑟

或注定是一个平头百姓
无比快乐地
度过默默无闻的一生

用什么法则
我们都不能扭转乾坤
一边是新生,另一边
也是我的亲人,在与死神搏斗
一老一小
都像上帝一样缄口不言
而一举一动
都是神的旨意

人的悲伤并不都源于不幸
我们的命实在是不薄
想想我投胎的母腹
就知道此生不会辛苦
坠地的那一刻
我差点笑出声来
好像树上所有的鲜果
都酿成了美酒

既然是如此
责任就不同
美善的恩赐需要回报

而不能享用无度
天地之间充满了颂歌
让人忘记了这还是俗世
绝不要让无礼之举
卑鄙地夺走她的心

人们用温暖的眼泪
交流彼此的感情
是否到此已经万事大吉
今后诸事再无须操心
所有生下儿女的女人们
你们都是女王
沐浴鲜血如烈火
在此我向你们致敬！

今夜，我想邀一些客人
其中必有一些神灵
围着满月饮酒作乐
他们都说我的孩子好命
小小的女王
你的一路美不胜收
金色的花朵
和树上的美果种种

今晚造物主大功告成

下面的事都由我来执行

在她具备威权之前

我会时刻跟随左右

由此我也看到一种快乐的生活

非但不死，还不会衰老

她让我摄政直到

我觉得永生也是痛苦的那一天

她的酣睡真好像

万事与她无关

而我们所做的任何事情

都有她的意见

这就是神

自然具有的权威

不用谁的授予

就在她玩具一般的手中

如此绵柔的物体

粉红色的花瓣

一如继续在母体中住持

让所有人前来觐见

这不是神还会是谁呢？

我的女王！你在休憩

你无须费心

所有事情都自有安排

好像这个世界
久已无人统治
今夜,我们无休止地发出欢呼
如手捧火种的野人载歌载舞
这是我们的国家
如今被她占据了
假如能让它变得更好
又何乐不为呢?

妻　颂

哦，我的妻！你，我的爱！
你还在睡梦中，我祝你生日快乐！
此刻，我站在黄河岸边
朝霞正在铺展翻滚的地毯
城市拴在未完工的写字楼上
巨大的邮轮在此停靠过夜
我观察你极乐的面孔
像微笑的大地那般宁静

你我并非一母所生
为什么亲如兄妹？
大难临头，同林的鸟儿
只剩下你，在我身边
你是美丽的太阳
因为日复一日升起落下
让我习以为常

不知道你的神圣
而你并无抱怨，在厨房和餐厅
照常沉坠又升起

你是一家之主
却装扮成仆人
从辉煌的天国沿阶而下
换上粗陋的裙服
你神奇地养育身边的万物
像供奉着每一尊神
只有当巨大的事件出现
你才露出端倪
神圣的火花触及灵魂那一刻
最势利的人也会变纯净

当诗人脸上出现悲伤
总是你最先察觉
你不去惊扰附体的灵魂
只等它平静地离开
你低眉虚心
任我傲视一切也不起纷争
你是佛国的使者，挂职人间
含着微笑继续修行
我也学会像菩萨一样默默关注
安静地聆听生命的谐音

我是被你塑造的
神与人的杰作

你如此忠贞的爱我
因为太满,我总是溢出
当你因我而
肝储愤怒肺储哀伤
我的巨大的不安
也如山体摇动
没有任何人的情感
能够如此触动我的心

爱本来就随波逐流
谁也抓不住一个波涛
为往事后悔的人大有人在
再来一次他们还是如此
神的使者有时
也会被人性扰乱
一旦他们记起自己的身份
就为所做的事羞惭

除了永久的陪伴
你还是一个量度
用来审视男人的心灵
考验爱情的忠贞

你希望我有男子汉的完美
但又害怕被别人爱慕
而我的决心,只要不把我禁锢
我愿永远游于羿之彀中

一个温顺的女人,平静地爱着
这便是她所有的生活
世界太大,反而无处藏身
你做一个窝巢适得其所
自从起了自家炉灶
便坚守妇人的本分
两颗心合成一炷香
慢慢燃烧,在爱中走向没落

如同冬日的炉火
永远居于家的中央
我们带着诗意的温暖
围坐在你的四周
你越来越像一个母亲
我们总是躲避你的温情
接吻早已被亲吻所替代
但更充满爱意和怜惜

曾经我希望先走一步
男女寿命也是这般规定

这是男人的特权
他们的幸福所在
现在我改变了想法
担心你如何度过残余的日子
我愿先送你一程
哪怕只差一天赶到

说这些固然太早
因为你的心,还无比年轻
美丽的霞光装点着金色的白昼
每一次醒来,都是被神唤醒
它又赋予你新的生命
不让一根白发出现在你的头顶
两只明亮的眼眸
像是从泥土中钻出来的嫩芽
怀着神的意旨
向我微笑,披着银色的香气

未鸣之歌

神那么短暂地给我们快乐
让心爱之人在我眼前闪现了一下
又迅速地把他取走
是因为我的过错吗?
沉睡的翅膀没有被唤醒
一次新的飞行被取消了
我再次体会到神的力量
既给我爱也会给我悲伤

我反复听到一个声音
像超声波在空气里发生的振动
那是一首未鸣之歌
空荡的教堂里神在独唱
神也有远近之分
在苏醒的青山和翠谷
我尽情地欢呼雀跃

感谢你的欢乐盛宴
神也如兄弟般亲如手足
在遥远的天际也有我的星辰
你把恩惠赐予我
用爱的蓝色将我呵护

本来你是无处不在的
但也从不在人间显形
为何你会在母腹中出现
又迅疾如闪电般离开
你是要带领如你一般的众神
走上朝圣之路或是
用香膏和凝脂
冷敷他们创伤的心灵
你是要揪出几个小人来
满足你的愿望吗？
然后再带着他们和你一道
归隐翠嶂怀春的诗酒田园？

这是一个迷人的错觉
还是一条荒凉寂寞的小路
这是熄灭的美丽之火
还是爱和幸福的最高情欲
金莲花盛开的草原
是一片无伴奏合唱

雄鹰在天空盘旋
满怀同样的抱负
你在太阳的身边得到火焰般的温暖
我也从贫瘠的睡眠中又一次苏醒

一次次迎面相遇的离别
凝聚了更多轻柔的力量
在我眼前这荒原般的大自然
为了林中的歌吟我把你呼唤
虽然极尽言辞之美
但我内心却是空虚
自从有了爱我便失去了灵魂
犹如一具行走的尸骸

漫步在故乡的河岸
如今它是我爱的飞地
除了痛苦，还能收获什么？
它已经不能再把我抚育
只有宁静的歌声
在未鸣之中鸣唱
在圣洁的天空下柔情地抚慰我们
在哽咽的母亲大地吹拂安睡者

西瓜颂

雄壮的马群护送它们
从西域而来
另有一路来自海上
像水雷布满港口
它汲取大地的力量
如同婴儿大口喝母亲的乳汁
今夜。我写一首西瓜颂
祝我生日快乐!

最后一个迷惑之夜
我乘邮轮驶向大海深处
在蓝色的星空下
沿着坐标一点点降落
此刻天网张开
我与夜神一起遨游
不知钻进哪个网眼里

把我带到另一个居所

今夜舍不得睡啊！
不知在茫茫尘世间
是需要无尽的业绩
还是寂静的喜乐
忧虑和责任更重要
还是随遇而安更好
即使是爱人
也不知道我的苦衷何在
上帝给每个人安装的痛阀
各不相同

当天穹打开
恰如一个切开的西瓜
生命还有一半留用
而我已然逾越了凡人的界线
只不过背景变成红色
反衬黑色的星星

有一种被忽略的幸福
那就是望星空
在初夏的穹幕上
有流星划过
不安分的星星踩到西瓜皮

栽了一个跟头

十七岁。黄河南岸
我独自看守一块瓜地
看着受精卵在大地上着床
吸收着阳光和水分
肚子一天天隆起
我便想到母亲生育我的过程
我和它们亲密无间
散落在地球的边缘上
直到它们一排排睡在田间
把产房挤得满满

摸着它们的头
感觉是摸着我自己
傻傻乎乎的样子
每一个都像活佛
它们定是转世而来
演绎古老的大自然的变化
还没有绘上纬线的地球
顺着四时转动头颅

越是贫瘠干旱的土地
它为何越茁壮
再酷热的阳光也不能灼伤它

只会增加它的糖分
让我苦苦不得其解
是否有神力帮助
当它们欢喜地乘舆而去
身后留下荒芜的家园

那是可爱的出生地
晚霞在给它们增熵
新的生命又将重新开始
阳光继续在里面住持
有些人。像我
从来不去怀念他的青春岁月
他被命运所恩宠
谁也不能禁止他欢乐
他的心有无数扇门
向着阳光敞开
每一扇门前都有一个合适的神
在那里把守
而他永远踌躇在
最自由的精神之中

太阳太炫目
所以它把阳光藏于胸中
像被寒夜包裹着的篝火
在黑暗中释放温暖

它可以不分敌我地
款待每一个人
就像东北人,没有人说他们高雅
但总是给人带来快乐

如果我真的受到眷顾
就别过早让我的梦结束
我仍然沉醉于亲吻
爱的日子真的美好无比
每当厄运降临
找不到一个神灵相助

而。它的童贞
会让我快乐无穷
心最适合居于胸怀之中
治疗痛苦没有妙术
大师。其实并不神秘
只解决一个问题即可
今夜。它告诉我
单纯。即万事无忧

小人颂

当母亲还没有把你怀抱
你的嘴还没有找到江河之源
这小人,如此酣睡
世界与你无关
偶尔透过薄薄的肚皮
偷偷看一眼窗外
斑驳陆离的景象
简直要让你眩晕
麻雀重新得到生机
蜂蝶做着甜蜜的游戏
千万枝柳条暗藏心机
颠覆冬日永恒的秩序

说你是一个小人
因为你不谙世故
说你难养也

因为你不得不提前离开母体
你的体内深藏不露的
祖辈最优良的基因
只要与空气接触
就会转变成无穷之力
你是天地之间的暗物质
我听见你的声音
是海洋，是花朵
是大爆炸开始时的寂静
你撑破母腹的一刻
如撑破宇宙

你是一个幸福的宠儿
没有人抢占你的空间
这空间随着你的长大
扩大不知有多少倍
直到把你的母亲
变成一个农村丑妇
小人与圣人
都出自一个母体
大海啊苍穹
哪一个能与母体相比？

你的父亲同样重要
好像大功已告成

你看他早出晚归
每天都衔回一根树枝
把那个温巢建得
看上去像一座宫殿
你的母亲
想入非非的青春
从此化为灰烬
而你的父亲
一颗好高骛远之心
像猎食的雄鹰拔地而起

从满是花果的天宫沿阶而下
人生的第一步就踏空了
助产士按照神的旨意
在神圣的大门前迎接
当你离开母体时
既不会说，又不会走
从混沌的羊水中滑出
掉进混沌的宇宙
漫长的哺乳期
你将饮尽江河之水
你将与大地的花朵为伴
采尽它们的芬芳
然后你学着耄耋之人
用蹒跚的脚步去试探大地

待你把每一块彩色的方砖
踩得不再动摇
再用酒肉果腹
用血性充斥身体

谁说你不知稼穑之艰难
惟耽乐之从？
说你不是君子
万一长成圣人呢？
但无论何方神圣
你都要合群
让所有的人接纳你
成为他们中间的一员

当寒冽的风洗净天空
朝霞瞬时铺满了道路
此时祝福之声到处飞翔
此时古代的英雄和神灵
与我们同在
天地之间颂歌如云

一百年后,读我的诗的那个人,你是谁啊

一百年后,读我的诗的那个人
你是谁啊

一百年后,我已变成一块冥想的石头
在公园的某个角落等你
石头上镌刻着我的诗句
那个停下脚步的人就是你

一百年后,我在图书馆的一个书架上等你
等你偶然的发现
你抱着这本发黄的诗集跑进阳光里
抖落一百年的尘土
对着惶恐的人群大声朗读
而我天上知

一百年后，书页已如落叶枯黄
我在云端的某个空间等你
几个关键词如真身舍利
我的生命因而不朽
你既可与我约会，也会与我邂逅
天地之间充满了灵感

一百年后，我的诗已经醇厚
读邹进的诗如同饮美酒
一百年后，我的诗已是沉香
读他的诗将会满腹芬芳

翻开我如同翻开一个时代
因为我你对它充满好感
你院子里的爬满的紫藤
就种在我的字里行间

一百年后，世界会好吗
还是大同小异？
一百年后，人会变得善良吗
还是尚不如今？
我要出一本自选集
一百年后留给你
在通往心灵的途中
它还将是你的路引

一百年后，读我的诗的那个人
你是谁啊

一百年后，我的孩子的孩子们早已不知道我是谁
而你更像我的亲人
没有家谱让他们记得
那个叫邹进留下一本诗集的祖宗
我的诗集散发着浓重的仓味
你嗅到了我的气息
你听见我发出的呼喊和唏嘘
我看见你的眼里含着泪水

一百年后，你们要读邹进的诗
他的诗是永恒的诗
那时人们或许不用今天的语言
他的诗不需要翻译

一百年后，你们要读邹进的诗
他的诗是纯粹的诗
你看到那个写诗的人
心有多么怜悯

你们要读邹进的诗
他的诗是灿烂的诗

他的诗句如流星在夜空
或不时从你的心头划过

一百年后,我如芳香弥漫在空气里
我的感谢四季开放

一百年后,读我的诗的那个人
你是谁

咏夏四乐章

第一乐章：我的夏天

当种子在夜间碎裂
在遥远的地方拱起一座山
竖立着的阴影后面，太阳慢慢站起来
站在早晨，像一个魁伟的汉子
在朋友来齐的时候，带上女伴
一起走向一个夏天

赤着脚的风儿，一群群穿过树林
没有在松软的河滩上留下足迹
雨后的草坪上，丢下了姑娘们的草帽
和一个永远说不清的数字
她们把花朵放进竹编的篮子里
然后追上我们，又跑到前面去了

当所有的窗户都敞开的时候
心情会像天一样蓝吗？像一件晾在绳子上的衬衫？
叽叽喳喳的孩子们，会像藏在林中的鸟儿
一起飞跑吗？而和我一起长大的女友
穿着长裤，把手放在胸前，用她
多么东方的眼睛，暗示我一个永久的含义

五月的鲜花疯狂起来，不再娇嗔
把它们所有的话语，都倾泻给沉默的土地
它们不疲倦、不悲哀、也不快活
又像诉苦一样，仍旧大声地诉说爱情
在城市的街道上，一棵梧桐树盛开了
而在远离城市的地方，海却平静得可以行走

不要忘记，那将是我的夏天
向晚的群鸟在树巅和屋檐下急切地旋转
它所有热烈的、爱恋的、悲哀和愤怒的炽情
都属于我，在夕阳的光照里化为一片温柔
而一次瞬间的回忆，涌动的五月的雪潮中
已过的春天的瑟缩的影子，在林边一闪而过

第二乐章：孤独的松树·感想

它辽阔的身姿！那棵孤独的、冥思的、活着的松树

自鸣钟响过一下，松针放射开来
那些杨树的快活的叶子，像不愿午睡的孩子们喧闹不休
在蝉声的轰鸣里，大街慵倦地仰息着
那棵孤独的、冥思的、活着的松树
就站在马路的对面，困顿的、没有灵感

一个蓬乱难理的头颅，一千只烧焦的弯曲的手臂
紧抱着一团庞杂的思想，镌刻着洋溢过的热情
没有鸟雀飞来，在它的枝干上嬉戏
它唯一的伙伴被城市赶走了，只剩下一个回忆
皴裂的、突兀的树干上，留下心灵的悲怆
空中翱翔的鹞鹰，是它飞出的一个可怕的念头

我默默地阅读着它，它的每一根针叶
它每一根针叶上都映现着凝结的碧血
这是一座活着的、生长着的纪念碑
记载着无数平凡而凶残的业绩
在它罪孽深重而又充满光荣的身上
喧闹的声音过去了，只留下大的悲哀

它不是一个，比蝉声更加清晰的
遥远的呼唤，是它仅有的一个妄想
在浩荡的松涛里，它卸脱了不属于它的使命
荣辱毁誉，肮脏的阴谋和伟大的计划
每一根针叶都在占取阳光，每一条根须都紧张地搜索水源

既不卑鄙,也不崇高

这棵孤独的、冥想的、活着的松树
直立在猛烈的阳光下,横展着,一动不动
并不是等待时机,也不缺乏生的意志
在内心的喧哗与骚动中,它藏起了一个白日的梦!
这棵孤独的、冥想的、活着的松树
倾听着明亮的钟声,不肯说出自己的意图

第三乐章:六月之夜

这毕毕剥剥、稀稀落落、淅淅沥沥、点点滴滴的
像是脚步像是暗语像是喜悦像是忧郁的
六月之夜,小白花开了一层层
青色之马载着它酣睡的主人奔跑
使我想起那个再也见不到的女孩子
那年梦像鸡冠花一样开放了

有几片海棠的叶子,还是红色的吗?
风和群鸟一起,早已飞回了窝巢
所有的星星都聚在一起,默默倾听了那个伤心的故事
孩子哭了,婴儿车放在门前,像一只玩具
而那个悲惨的故事渐渐变得美丽起来
他们相会的日子不远了

那扇窗户怎么也关不上了
窗前的葡萄树,正密谋着结下一串串小小的果子
起风了,那个夏天,所有的裙子都被刮跑了
赤裸的姑娘们把头埋在草地上,一直睡到傍晚
在干燥的夜的周围,有雨了、地湿了
伸缩不停的巨大阴影,在苔藓上游动

在六月之夜的深处、最深处
在思想最明亮的时刻,升起一堵雪白的墙
从这雪白的墙上,念出我的名字
然后它就消失不见了
在窗前坐下,若有所思,聆听
那小小白色的花朵,在马蹄声中静静开放

钟声还未停息,像一群群鸟从城市上飞过
落叶般的屋脊翻动着,这些温暖的叶子!
六月之夜,深邃而又单纯的夜呵
这毕毕剥剥、稀稀落落、淅淅沥沥、点点滴滴的
使我又想起那只跌死的麻雀
那年夏天,我曾为它堆过一座小坟

第四乐章:告别

你的光芒万丈的身躯在消失掉
为了告别夏天的仪式是隆重的

阳光发出金属的声响
那面焦灼的旗帜还在飘动
它飘啊，它要作无限的忍耐
风中之树，用狂草体书写不安

为了什么原因，那些模糊的东西
不能说清楚呢？屋顶上站满黑鸟
说了许多废话，我们都疲倦了
可想说的，总也说不出来
鲜红的玫瑰花下边，时光越发沉重
而深沉的梦乡中，那棵蓝色的树再就没有出现

我们会想通的，我们就快活了
学学那些孩子，他们做完游戏都回家去了
你不能学得平心静气吗？不对吗？
不会也拿一只小板凳坐在他们中间
一切又都平静下来，一切又都消失掉
你走进荒山，你找到了一万年前的寂静

我还是需要你，并非为了永恒
那朵玫瑰，它要愿意就能开得长久
绿色正在被融化，这里正在变成沙漠
而那个沉默的人，正沿街向人倾诉
在我要写诗的时候，却被一部糟糕的小说迷住
里面写了关于天狼星的传说

告别夏天了！所有热烈而冷漠的
旗帜，将被粉碎而飘满大地
有我们幸福的时候，也有我们难过的时候
很久前，积存着雨水的脚窝里，已经长满青草
夏天没有消失！但我注定要离你而去了
在错身而过的那瞬间，我的钟变得缓慢

日出礼赞

黑夜在东方断裂了
在人们死寂般沉睡的时候
东方，那储存着无数个早晨的东方
橘红色的黎明又轻轻飘出

头上是乌云
变幻莫测，密谋着颠覆
白云在脚下
汹涌而来，像一阵阵舒心的早潮
呵，芳香，可感的芳香
——半壁天空奇异的花朵
梦一般可爱的幻想呵
把芳香送到我心里

星星闭上疲倦的眼睛
风也无力地落在树林里

阴影潜伏在石头后面
黑夜在退却，何时又重新集结
处处是无形的冰凌，冻结的天空哟！
松懈的意志在牙齿上颤抖
没有比这更令人恐惧的冷寂
好像世界上只剩下我，再没有生命
我知道等待的意义
我用仅有的两只眼睛
用大树一样伸展的每一根神经
用我的全部身心静静等待
……

飘动的云丝染上鲜红的色彩
像通红的马鬃甩在天上
那是一匹就要挣脱缰绳的烈马
向我嘶叫，鼻息喷上天空
天际的电闪带着串串惊雷
在没有遮拦的山坡上滚动
那声音摔打在石壁上
整个山谷顿时充满回声
这是巨大的前奏曲
是呼唤，是鼓动
开始了！开始吧——
我的心在上升！

在东方，啊，东方哟！

给黑暗的世界带来光明的东方哟

给潮湿的心灵带来希望的东方哟

燃烧着烈焰的东方哟

充满了挚爱的东方哟

再现古战场飘飘旌旗的东方哟

正义和邪恶决一死战的东方哟

在轰轰作响，在呐喊，在呼叫

无数的光子、粒子在飞奔，在歌唱，在舞蹈！

啊，东方，这世界上最大、永远也无法企及的加速器

人类的希望、信念被它加快到近于光速！

啊，东方，这自由的东方

给每一个禁锢的心灵以真正的解放！

太阳从云海里挣脱了

带着我灵魂的呼喊露出了一点！

这是白日与黑夜一刹那的链接

这是告别了过去火热的一吻

我听见婴儿呱呱坠地的哭声

是一支动人的歌灌注了寰宇

啊，这金刚石一般的日出哟

带动着所有腐朽向新生的转换

它凝聚着渴望、追求、我的自信

这巨大的凝聚力，是我坚强的生命！

太阳哟,山鹰用它烧不焦的翅膀托你飞翔
我的灵魂也向你飞去
难道只有你才有个性
让我和我的太阳碰怀!
太阳哟,你从我身边升起
我是你身旁一棵扶桑
你像孩子在云海里洗浴了
然后我把你托在手上
太阳哟,你把阳光洒落大地,像血
包藏着无数生命的能量
而我的血是液态的阳光
需要时洒出来也一样照亮大地!

我在哪里?对着天我问,对着地我问
云雾没有散去,我的身后是雨
我站在长白山之巅,日出的时刻
终于发现了我自己!
在生命的链接里死亡消失了
相信未来,理想不再渺茫
把太阳移植到我胸中
我要我的骄傲,我的热情,我的年轻!
啊,阳光,这金色的海潮
冲破一切堤岸,将黑暗全部荡去
乳燕从石缝中飞出,撒满天空
追寻着梦中的声响,带着惊惧,也带着欢喜

啊,朋友,我的朋友呵
你们都在我身边,都在我身边
你看那日出,你看!
你看那日出,你看!!

一九八〇年

老家颂

神之子！天上的候鸟
那是人类心灵的符号
如今看不到了，这些圣灵！
谁来寄托彼此的思念？
尽管诗人都像燕子般自由
也没有比老家更好的居处
离开这里就失魂落魄
老家，她是我的保姆！

我从未见到过家谱
爷爷奶奶都没有坟墓
他们像天上的鹤群
围绕着古老的家园鸣叫
偶尔它们降落在安静的屋顶
曾有生命在这里休止
屋顶上的烟囱没有炊烟

远看像一排排墓碑

天空中看不到鸟群
幸存者,到城市集体避难
河网水系只画在地图上
大地上留下一具具巨兽的龙骨
剩下的河流用来灌溉
能够饮用的已经不多
老家人去楼空,狗比人多
只留下老人和孩子相守

永世不得翻身的
是永远贫穷的人
贫穷像血脉,一代代延续
直到他们的灵魂习以为常
我无能为力,因此羞愧难当
无法端正法度,只有敬奉神灵
仁爱者,何时把恩惠施于他们
除了命运,他们一无所有

人死后留下了习俗
像神灵在暗中保护我们
恐惧,是因为听到神的警告
怯弱时,还是神,把我鼓励
尽管我思虑万千

也不能改变什么
我把它写在诗里
证明我并非随遇而安

从深山巨大的钵罐
泉水发出响声昼夜不停
我愿每天沿着村里的小路
一路上有各种鸟儿陪伴
傍晚跟随牛羊下来
路过村边的池塘，听蛙鸣喧天
月光露宿在千山万壑之中
推开柴门便可与王维相见

当我看到阵雨由远而近
似乎看到了神的朦胧身影
他穿着隐身衣经过时
树木因此而欢快
落山吧美丽的太阳
你用不着无休止地工作
谁说吴刚拿着的那把斧头
就是传说中的永动机呢？

钟情于我的那女子
她是村里最美的那个
我知道我不会娶她

是因为我好高骛远

但是她的极乐的面容

一直留在了我的心底

像用泉水洗印的岁月底片

每一次都像玫瑰显现

因为宝贵的青春

驱使我离开这里

路程要足够遥远

才能跟过去断离

翻山越岭,是为了找到

一个注定要给予我幸福的命运

但人类共同的短处都一样

每个人都想衣锦还乡

那是一个回不去的老家

却是亿万人的朝圣之地

滚滚春运朝着无数个方向

滴血的翅膀布满了天空

有一种魔法定时唤醒人心

让人们看到诱人的远景

每个人都回到他的心灵圣地

热情燃烧的大地

剩下火焰的炉渣

我的老家已经残破不全
风暴之后又长出新绿
年老者守护着他们的棺材
祈祷最后的安宁
相信这就是上帝派来的那艘船
用来将他们摆渡

月光颂

月光下的穹庐
这宇宙间的神奇建筑
为什么这些绵柔的光束
会给我们无穷的力量?
你指引我来到
群山环抱之中
来到新风吹拂的山谷
看到每一座被你勾画过的山峰
洞黑的夜晚
因为你而倍感温暖

这一夜我借着你的光辉
急迫地行走在祖国的大地上
两条腿如黄河和长江
夜行千里而不疲倦
我要像风一样到处看看

古代的人他们留下哪些废墟
帝王的后宫在哪里
鸟兽又在何处建窝
你怎么知道哪一个山谷里
有神灵在那里居住

当天色已晚夜幕下垂
人们因为太阳离去而悲伤
你披上阳光的衣裳
亲吻每一座芬芳的山头
用你的玲珑的手指
把每一条河流拨响
我并不是盲目地漫游异乡
你用神一般的目光注视着我
因为有你光辉的指引
我终不会迷失在田野之间

因为白昼已经逝去
上帝也如太阳般工作了一日
他放下金色的权杖
怡情于燕寝闲居
当他销毁了直射的光芒
人民也不用警惕他的威福
妃子们暂时停止宫斗
跟国王一起饮酒作乐

所有灯盏彻夜不眠
九泉之下一片欢喜

犹如深邃的智慧
在人的眼里永驻
而月光,你是从人内心
散发出来的纯朴的爱意
人啊,为什么吝惜你们的忠贞?
那是祖先留给我们的护身符
他们怎么会知道
我们都是一些无用之物?

月光洒在每个人心上
为什么不是每个人都善良?
因为太久了,炙热的阳光
用暴力夺取我们的心
连我们献给神灵的祭品
也要被它全拿走
无论献给死者的花环与颂歌
还是永存的最自由的精神

我听得见你的喘息
如同婴孩发出小小的鼾声
凡是领悟者
他们眉宇间都焕发出神采

这是诗中隐藏的静美的力量
向人间发出的共鸣
月色洒落的光芒
照亮每一条回家的路
今夜我和你近在咫尺
让我陶醉在甜蜜的微睡中
我并不想万事大吉后才死去
但你的恩典我会永记

哀　歌

此刻，她，与上帝

　　此刻，她
在跟上帝说话
上帝耐心地听着，从不打断
一边下着小雪
只有上帝听得明白
她说的是什么

只有上帝知道
她想说什么
她的身体轻盈起来
是上帝叫她去
一个向上的力量
让她飘浮

　　此时

我看见一条船
在等待将她摆渡

一点点流逝
　　　一点点蒸发
变成记忆
　　　变成怀念
干枯的河床　　干枯了
变成一副骨架

一只空船
系在时针之上

那只古老的闹钟
被一个孩子拿在手上
在没有水的河面
打了水漂

　　　　她

开始飞翔
飞过千山万水
奔向她的出生地
投入襁褓之中
如同迷失在人群里

无法将她找回

现在,她要睡了
每一盏路灯都为她点亮
她睡着的时候
我给她盖上一片彩云

电影手法

一个空白的场景
两扇旧门,朱红剥落
感觉是定格
又像是在播放
白日无声
夜里有声
远景。近景
淡入。淡出
推。拉。摇。移
没有蒙太奇
始终只有一个人
从那里进出

在我眼睛里
埋藏一段视频
一部没有情节的影片

拍摄时间半个世纪

日复一日

遐龄几何

化入。化出

渐隐。渐显

时。空。生。死

只有天晓得

始终只有一个人

在那里观看

对岸的身影

她在马路的对面
如同在河的对岸
我在此岸
她在彼岸

每次送我上车
隔着马路遥望
穿过湍急的车流
目光摆渡而来

远行是我宿命
是她给我指引
与孝无关
与爱有关

如今脚步滞重
越发不能走远
回家的意愿不由自主
时针半途而返

而时间，把河道
冲刷得越来越宽
对岸的身影
越来越小，越来越远

呼　喊

在深深的地层下面
有一块煤在呼喊
有一块乌黑的煤块
一块血红的煤块
它要燃烧啊
它要呼吸啊
它也渴想，它想化作
蓝色海面上的一片白帆

就像所有的树的根啊
在夜里变成翅膀
从黑黑的泥土中飞出
像鸟一样在天空飞翔
就像所有地下的水啊
忽然间变成了天上的云朵
寻找着悲伤的人

洒下温暖的细语

在深深的海洋里
鲸鱼在发出呼喊
只有它的母亲
能从海藻中把它找回
在遥远的天空中
有一块石头在发出呼喊
只有一颗恒星
能分辨出它微弱的声音

一颗种子在泥土中沉睡
它是一棵植物的记忆
记忆很久以前的一次快乐
也记忆不久前的一次疼痛
或许它不会发芽
被翻晒在干燥的土圪间
怀着对一棵植物的所有幻想
有多少还是多少有些伤感

一块石头的呼喊
被另一块石头的呼喊淹没
一颗种子的呼喊
和风一起溶入了松涛
一束光的呼喊

随一面旗帜飘落在地
一条河的呼喊
竟是一片的沉寂啊

在所有碧绿色的叶片上
你都听见了植物根茎的呼喊
在所有红色的燃烧中
你都听见了煤的呼喊
在所有的眼睛里
你都听见了星星的呼喊
这呼喊像一幅油画
凝结着泪水和油彩

这呼喊只有心能听见
它穿透了疼痛回来
这呼喊只有爱能听见
它穿过了泪水回来
这呼喊藏在蓝色的紫荆花后面
露出一张白白的小脸

我终于听出那个声音
在轻轻地叫着：妈妈

今晨,又一只鸟飞走了(悼牛汉)

在我们这个时代
每个人,实在都不值一提
曾经的诗人,还能望星空
现在,星空在哪里
星星碾成粉末
还能照亮何人

没有英雄的时代
只能谈情说爱
趁着没有谈婚论嫁
趁她不谙世故
在玻璃房子里
教她读书写字

而另外一些人
他们优良的秉性

胆小怕事,却装腔作势
卑躬屈膝,还自显高大
在善良人们的
宽厚之心上横冲直撞

一个清秀的人
变得无法辨认
自省是唯一的良药
等猜忌和野心从体内排出
快乐和梦想才会
重新滋养他们的肉体

为什么不提醒他们
把他们从黑暗的渊薮中救出
为什么要把嘴闭上
这嘴,吐出过多少美丽和谐的词汇
你是一块活化石
这个时代的良心之一

我非常想做这样一个人
自知很难
所以时常想一想你
如同抚摸一下自己的胸口
而今晨,灯塔倒了
黑暗瞬时涌进我心

等我再看你一眼
之后,你的肉体不复存在
我没有为你悲伤
你早已是一颗雄浑落日
老头,我以为你是不会死的如今
你栖息在一棵叫死亡的树上

一想起这老头
我就满心愉快
因为他死了
才证明他永远存在
星象转移
斗柄在天

又一只鸟飞走了
这一年,遇到太多的飞翔
多年以前,一个叫霞的女孩
写一只鸟又一只鸟
如今她的那只鸟
被关在笼子里

你这只鸟,如鲲鹏展翅
九万里,背负青天朝下看
在我坠落的时候

死死抱住一本诗集
它一定会带着我飞翔
背负人性光辉

今晚是我末日

每晚睡前
我都觉得惭愧
如果今天是末日
我所有的事情如何完成?

天地不仁
苍穹下人如蝼蚁
今晚脱下鞋
明早是否还能穿上

如果让我永远活下去
那又是一件糟糕的事
人都可以不用努力
因为时间不再紧迫

人有下辈子
下辈子还有N辈子
心中没有末日
生活何来意义？

活着虽说并不重要
但此一生我不潦草
一个优异的末日
是我人生答卷

每晚都是我的末日
对死我抱有热切的渴望
带着末日的生活
充满人情味道

今夜雪花飘临

今夜,有贵人光顾
我生上火,让屋子尽量暖和
雪已经下了七天七夜

大雪封住了山口
我只能在屋子里等待
贵人到来,生活将会改变

大雪封住了道路
贵人仍然如期而至
随着一声马的嘶鸣

银铃响成一片
贵人骑在马上
巡视我的每一个细节

贵人披着雪袍
神话一般,从村外进来
若非我的前世姻缘

让我捂一捂她的手
在炕沿上侧坐
为我推杯换盏

贵人是只燕子
在屋檐下筑巢
盯着一本《古文观止》

它的叫声清凉油一般
抹在我的听觉上
让我听到天气转暖

贵人是蹒跚的老妇
雪地上她脚步轻盈
专程造访于此

趁着瞌睡走进记忆
在沙发上靠一靠
就过去一个世纪而我

越来越像老太爷了
在躺椅上闭目养神
顺便把人生回忆一遍

坐着睡不醒
喝剩的酒,在壶里迷糊
窗外,宇宙混沌如我

贵人是逝去的亲人
弥漫在天气里
感觉到,只是看不见

雪地上,燃着温暖的火苗
想她的时候,她就来
今夜她如雪花飘临

哭泣的肝脏

你的肝在哭泣吗?
它再也无力过滤
那些污秽的证词

你,谁让你
是那个偷窃了火种的人
除非你把火种归还给太阳
向主神认罪

除非你把祸害、灾难和瘟疫
塞回到那个盒子里去

一只慈善的鹫鹰
在啄食你的肝脏
一块每天都在长大的肝脏

我听见
你的肝在嚎叫
在变成一团烈火

活该啊你!
这是你应得的惩罚
你万劫不复

我目送你到地狱的门口
我并不为你感到悲伤
求仁得仁,何怨乎?

这块肝脏就要致你死命
但没有人怨恨它
但没有人诅咒它

这块肝啊
是上帝派来的使者
让他带领以色列人
出埃及

这块肝啊
正在硬化成一块石头
好写——
这个时代的墓志铭

这块肝啊
就要变成一只鸟了
它要带着又一只鸟
远走高飞

两只眼睛

你对我描述了那两只眼睛
是我没有看到的两只眼睛
我开始幻想
　　　　　——题记

每天
我都在这里听见午时的钟声
在钟声里
我又看见了那两只眼睛
世界还是黑漆漆的
它们从来没有睁开过

这是深秋
我们想离开这里
于是朝着林子的深处走去
落叶纷飞,我们欣喜而又不安

这时

我又发现了那两只眼睛

在痛苦的深处点亮

树林深处的一眼古井

不知有多深

马蹄声由远而近

在朦胧的月光下面

似乎从山前一闪而过

山路消失了,那两只眼睛

又在不远的地方浮现

我小心地跟着它们

它们终于不见了

我感到我做过了什么

给我带来过希望

秋天

一个很有意思的故事呀

不能告诉别人

只在最后,留下一个预言般的祝愿

叶子不断从窗口飞进来

像许多熟悉的话语

亲切而又温存

我从窗口望去

多么深远的世界和清亮的风呵

我又听到了歌声

可是，那两只眼睛呢
我又想起那两只眼睛
它们真的有过吗？
秋天，热烈而困倦的秋天
这不属于它的焦躁和激情
石榴树，一棵石榴树倒下了
我不再去想它们

它们真的远远地走了
没有足迹也没有声音
我把窗户关上
坐下来的时候
就又听见那午时的钟声了
落叶纷纷飞扬
蹄音由远而近

明尼阿波利斯

她从我头顶飞过
只闻其声,不见其形
在一条跑道上
整整滑跑了一生
终于腾空而起
踏得天空轰响

我还飞不起来
走不出多远就气喘吁吁
拖着沉重的时间
在地上艰难地挪动
她在上方盘旋
深情地注视我

她从我头顶飞过
下面是一片苦海

骑着一匹飞马
像骑着上帝一样自在
星光闪烁其词
穹庐结满葡萄

下面还有一个人
念念有词地
讲述她一生的琐事
像在煨一锅鸡汤豆腐
听的人泪水涟涟
听得津津有味

偶尔想到民国

我外婆活到90岁
她70岁的时候
感觉自己就要死了

她坐在竹椅子上
用蒲扇给我扇着风
一边说她的伤心事

凄美的故事
都可以像诗一样再听

渣打银行
在我妈10岁那年
又可以取款了

她的6000块大洋

被冻结了整整8年
赎回之后
只买回来一袋米
那是民国35年

一切为了抗战!
我姨的大学的梦啊
跟着一缕青烟
装进一个精致的盒子

她把首饰送到当铺里
含着眼泪回家
她可是扬州的大户人家的
大家闺秀啊!

如今她遁迹于
江南的一个私人院落
两间破旧的小屋

那已经是50年前的事了
如今我快60岁了
她的女儿80多岁了
我的女儿20多岁了
她120岁了

如果她还活着

比杨绛还老

会老成什么样子啊!

她的丝滑的皮肤在我手上

像江南的绸缎

其实我没睡着

听她唠唠叨叨地

讲一个家的败落

听着就好像蒋家王朝

也跟着破败一样

每次说着说着

她都要哭了起来

我更坚定地紧闭眼睛

她伤心得让我感到

下一个暑假回来

肯定就见不到我了

她长寿也因为我倾听

她又活了20多年

那年我10岁

祈愿你最后的旅程

1

光芒在傍晚收敛
是在准备与我们告别
向流水告别
向莲花告别
向飞鸟告别
我已在心里
向你告别

2

祈愿你最后的旅程
平坦一些
无数善良的目光

为你铺平了道路

3

你心中的愿望
最终都像你的瞳孔一样
慢慢放大
弥漫天空

4

有人以为上了天堂
有人甘心走下地狱
天堂也不是想去就去的地方
地狱也不是不想去就不去的地方

5

在镜子里
我看着自己的身体
立即有一种被掏空的感觉
你说
我们的胸中
塞满了稻草

6

你说
我们只做酒肉朋友
其实你不喝酒
你说
我们早已分道扬镳
其实还在原处

7

你手里只有一杆
精神之旗
（查干苏勒德）
你骑着身下这匹柴马
去追赶
因恐惧而四散的人民

8

离你太近
不觉得你伟大
还知道你的一些糗事

我在别人的眼里
看到你的形象

9

从这一天起
我每天捡一块石头
投在敖包上
（天葬英灵于此）
今后人们出门远行
都要在此下马

10

一个注定要仰望天空的人
当乾坤翻转
注定被群星仰望

11

以后看你就方便了
你住在一个云的地方
你只要放一个软梯下来
我只需要点击一下

12

在云上的日子
你随手翻一翻我的诗集
一天就过去了
地上已是千年

如果终将痛苦地死去

不!
选择怎么死
是一种态度
我猜测
身体之痛一定比心灵之痛
痛过百倍

如果终将痛苦地死去
不要支离破碎
留下一堆杂物
像鲑鱼游回到它的出生地
在一组滑音里
悄悄溜走

平静,细致
把逝去的重新唤回

赋予永恒的美丽

舒缓，完美

体验每一个人的眼泪

让过程充满爱

好吧！

让我试试

游回我的出生地

一生中最明确的一个目的

耗尽最后的体力

和罪孽

盛　宴

跟在她后面
去约会你
久违的朋友
我们意念中的女儿
长大成人
是我的爱人

无功不受　啊
如此贵重之礼！
在你云游前
梦中托付于我
辗转三年之后
交到我手上

怀抱三年
从今住到我的心里

看我的眼神

像古代的一个妃子

珍藏已久的声音

醇厚如酒

三只花猫

收下我的礼品

原野铺张如同一席盛宴

只等你光临

哀尽则止

今日不限酒肉

透过云层

透过云层
吾等各自张望自己的星星
母亲,那是汝给吾做的记号
像屁股上的胎记
怕吾在宇宙中迷失
没有了信号

亲爱的人
汝已经为吾做了很多
当吾构建一所房子的时候
汝的内心正在坍塌
再也没有苦尽甘来
汝与吾心照不宣

一束光在子宫里
十个月后变成了吾

出鞘的剑，带着血污
第一剑就给汝留下伤口
汝注定要隐忍一生
汝不想再忍受了

如果吾幸福，将永远幸福
如果痛苦，也会永远痛苦
汝跟吾讲，残酷世界上
最可靠的人永远是自己
只有汝，哪怕在病榻上
也让吾感到依靠

吾爱汝，汝知否？
吾知汝恋恋不舍
汝将远行
吾只能在石头上留下记号
遥远的一声呻吟
永远藏在知觉里

亡者蛋糕（悼本达）

光
切割下一块阴影
一根线
生死警戒

今晨，你跨到那边
这是纽约时间

我和另一个生者
正在第五大道和三十四街
交汇处
向天空张望

如果换成北京时间
你还没走呢！
在告别的人中

没有我

阳光模糊
如你的深度镜片
分不出阴阳
这边，那边

早晨，我们一起吃
一块亡者蛋糕
每人要一杯
记忆咖啡

星光只在夜间闪现

有些人离开我们
不是像亲人离去,让我痛苦不已
也不是因为他们死去
让我感到兔死狐悲

他们只是从我视线中消失
不再被我想起而已
天空已是荡然无存
星光只在夜间闪现

或是以决绝的方式
或默默如一头老象知天命
或是乘桴浮于海
孤帆远影碧空尽

或是在幸福一隅
或已飘然仙去未可知
或还在灯火阑珊处
等待惊鸿一瞥

我也如此从中消失
芸芸众生如我一般
分离时候是庆幸
回想起来是心痛

寻找昌耀

那年十月,我在青海寻找昌耀
日月山上的经幡,说他是一个优秀的死者
还有许多优秀的死者
譬如我也将加入他们的队列
我曾经有机会和他会面
只不过那时我也心高气傲
如今若想见他
必要去那不可折返栖身之所!

如今血成黑色,沉入页岩
日薄西山,只能远看沙漠上滚动之高车
仰望山顶之上紫金冠光芒四射
听芦苇齐唱寻根者无词无调临渊惴惴之长歌
如今远行者已还乡
带回曾经罩在脸上的面具
今晚戴上它与神共舞

透过篝火晕眩观看今生来世

河水漫滩，冰川矗立，白雪盖山顶
冰河崩裂，沙石飞走，霹雳如惊魂

如今一本诗集成为祭坛
每一次阅读如同放上一块虔诚的石块
马奶，醇酒，柏枝在上面任意泼洒
钹鼓齐响，号管齐声，法铃齐鸣
如今飞翔更显苍远，背景赭红
鹰鹞悬停空中，如同大地背影
此刻不论僧俗尊卑，一律大襟铺地
也不论男女老幼，自将长跪不起

如今我看见干旱土地上流不起的眼泪
有一滴水都会变成血液
身体断裂之处，流出乳白浆汁
一如古树嘤嘤之哭泣
如今听到太阳召唤，峡谷铺上金箔
披风游侠穿堂而过，撒下满地蹄铁
脚印巨大，如黄沙漫过身体
然后远去，响声竟如脚踏空山

而我终将疲惫，马也不再前行
此时我看见昌耀正悠然翻阅一卷诗书

一道电光闪过

一道电光闪过
她说，妈妈，我要走了
她从床上惊醒
看到天边的一片彩云
她的心隐隐作痛
眼睛里充满了泪水

她确实来过
傍晚，风在树巅上汇集
把她裹藏在怀中
呼啸着降落到麦田里
也伴随着一道电光
她从上帝之门走出

有人看见她在这里出现
在安静的一个角落

身体还蜷缩着
眼睛里有一种不安
她有一张温暖的小床
一座积木的房子，门窗紧闭

只有她听到过她的话语
像落在窗台上的风
只有她听到过她的唱歌
像夜晚藏在松树中的鸟儿
只有她听到了嘤嘤的哭声
既让她快乐，又让她心碎

她说，妈妈我走了
如同我来的时候那样
那片彩云正在慢慢消退
海水也从沙滩上远离
在黑黑的天空中
两只鲸还在发出信息

一只鸟,又一只鸟

一只鸟在笼子里
一只鸟在笼子外
一只鸟想飞出去
一只鸟想飞进来
一只鸟每天都站在窗台上
向着窗户里面张望
寻找里面的一只鸟
想象着他一举一动

一只鸟在窗台上
已经站了整整十年
如此绝望地
等待着她的夫君
一只鸟想往外飞
一只鸟想往里飞
一只鸟在小笼子里

一只鸟在大笼子里

　　一只鸟，其言也善
　　一只鸟，其鸣也哀
　　一只鸟不想这么死
　　一只鸟不想这么活
　　一只鸟，又一只鸟
　　其声呜呜然
　　如怨如慕，如泣如诉
　　余音袅袅，不绝如缕

已如花香

已如花香
弥散在空气中
到处都能感受到你
看到你的幻影种种
伴随季候转移
你化身春夏秋冬
温度又把你
化作风霜雨雪

锁上我
把我锁进你的阴影
地铁隧道,连续的画面
闭上眼,全是梦境
列车一动
就感觉到你的心疼
曾经的奔波

都化作了轮转

漂移的房屋
漂流到青绿的山下
无数樱桃小口
早把大地亲吻一遍
你终于放下心
如放下一只锚
万物静默，不再沸腾
只有燕雀喃喃自语

月光中的记忆之马

月光多久没有
光顾我的床头
那定是你轻盈的脚步

离去已多年
今夜倚马而来
而我睡得如此甜蜜

今夜清高
不知是否有约定
互不相识的影子

每人重复一句
那些临终前的话语
还是让我不知所云

每句都有深意
告不告诉我命运
不管我信还是不信

唉！书页飘落
落在那一年的街巷
落满清辉

记忆之马
从月光中跑出来
成群地奔跑啊

一匹马向我跑来
其中的一匹马
离开了马群

旷野饱含月色
其中的一匹马
衔着一把口琴

身下的马为何如此滞重
想象中的马为何轻灵
人道记忆已如金

大年初一,忧伤日

我带着忧伤整理名片
名片上的人带给我忧伤

胡忠,你不是一只真老虎吗
怎么叫人一捅就破?
你戴过的小红帽(不是小绿帽)
还在京城漂着飘着
你的书店现在是你的
小舅子在打理吧
不管它还是不是胡氏现在
还有谁想起纸老虎呢

老马,你那节肠子
还是要了你的不老不小的小命
为了一个工艺设计的细节
我把你说得一无是处

你可是特级大师啊你那节肠子
跟这个细节有关系吗
真抱歉哈,谁叫你是乙方
脾气是甲方专有的

牛汉老头,你家电话
我也不会再打了其实
你活着的时候我也很少打
我是个薄情寡义的人
跟你共事那段欢乐时光
今后也不会再有了
　"愿车马,衣轻裘,与朋友共
敝之而无憾"

名片上的人带给我忧伤
包括那些活着的人

雨芹,你现在诗意地栖居
在何处,还是充满了劳绩?
你的先生在地下室里
找到上帝和魔鬼斗争的场所
他晓得书店老板太过艰辛
就选了人迹稀少的一条林中路
临走嘱咐你关门大吉
只留得"听风听雨过清明"

席殊，你的书店真叫人伤心！
经典没了，流行也木有了
曾经风流遍地，每一间书屋
都堪比一个杜甫草堂
你釜底抽薪，乘桴浮于海
可怜百足之虫死而不僵
不论我在哪里看见它
都会停下脚步，低头致哀

思考乐，还有快乐吗？
光合作用，不再把知识转化为思想
严博非，你的季风，是年租轮番上涨
张清水，你的大音，早已不可得闻
薛野，你变身西西弗斯
来到一个缺少阳光的地方
把书当成了那块巨石
读者就成了那座陡山

这些活着的人带给我忧伤
心灵之死更让人痛惜

正月十五,虚位
（元宵节祭岳母）

今晚设一虚位
为你陈膳执醇
家内无主
节日有何欢乐!

有食先生馔
怎不动箸?
是否你已出离
从此不再食肉?
视一切众生与己无别
皆六亲眷属

犹如枝叶繁茂
数极而德未尽
吾等落其实者

台阶之下翘首倾望

繁花落土

润于草木

从来是呼儿来食

母亲，今晚儿呼唤你！

此去何时归来

吾等虚位以待

碾散芝兰之香

食者不忍动箸

你虚往实归

而我心往神驰

致妹妹

她已经回不来了
好在那里青山绿水

我生怕听到她的消息
希望她在蔚蓝中藏匿

还是那个院落,那个房间
雨后的路上都是泥

让我想象她的存在
想象那扇夏日之门

天上飞满了闹钟
是妈妈叫我们上学的声音

而我贴着你的耳朵说
再睡会儿,我们还没醒

今晚的风带我穿越

今晚的风
从七号码头吹来
汽笛遥远得
像是一九六十年代的声音
耐心的最后假期来临
外婆都在镇江等我
她坐在古旧的门口
终于坐成了一尊石像

夏天,汗流浃背
回家路上,看见所有的人都在洗澡
巷子里全是药水肥皂的味道
澡盆里的水哗哗响
透过门缝终于看到
汪圆姐姐的胴体
还有汪妈妈的呵斥

她的金鱼眼瞪得好圆

淹死的孩子停在厅堂
棺材上散发油漆味道
雪白面孔吸收众人目光
招魂幡铺张得像过节
这一天我才知道还有一个世界
好像离得不是很远
公园，学校，他的家，还有几个生日
都将装进一个木头箱子
这一天我看到那世界不太亲切
并且只有黑白两色

晚上我喝下一碗鸡汤
听着经久不绝的哭声
阿姨告诉我这孩子就叫夭折
如果没有孩子就没这痛苦
（她终身未嫁）
我们四个低头吃完一顿晚餐
（还有我外公）
唉，如今他们早已不在人世

告别已经无数次
总也告别不掉心疼
粗糙的高楼掩埋了街巷

我看见的是一片灯光废墟
今晚的风带着我穿越
让我每一个毛孔都闪闪发光

敬 礼

　　李延良,1928年生,解放战争时期参加中国人民解放军,在东北第四野战军服役。1950年组建空军,由陆军选拔,成为共和国第一批飞行员,之后参加抗美援朝战争。1971年,九一三事件后,由空10师调入空军直属第34师,任师长,负责党和国家领导人的安全出行、出访,后任空军调研员,副军职级。离休后组建新华航空公司(即联航),晚年在家潜心读书,扶危济困,关心国家大事。

　　　　睁开你的眼睛
　　　　我用一个军礼向你告别!
　　　　我也是军人子弟
　　　　这是你们遗传给我的一个手势
　　　　你把红色的马群
　　　　驱赶进我的身体
　　　　让它在我的血管里奔跑
　　　　奔腾不息
　　　　如今你是草原

我是骏马

跑着跑着，我就要起飞了

（你一生无数次地起飞）

你在我的身下

变成一条长长的跑道

越来越小

越来越远

直到变成一条白线

那是我们的生命线

我在空中举起手

用一道白色闪电

向你敬礼

雨在我的身边滂沱而下

我会眼含热泪

完成我的航程

放心吧，首长，伟大的父亲！

我定会安全归来

怀念我的一个亲人

孤独地度过最后一个夜晚
她的孤独是一生的
走的时候没有痛苦
她的痛苦是一生的

谁都以为她孤僻
但不知道她清高
谁都以为她怪异
但不知道她骄傲
她生活在市井当中
她是他们中的异类

她一生都在奔忙
在一个城市里奔忙
在字里行间奔忙
到了不能走动的时候

她内心仍在奔忙
一刻不停

她的手因为长期劳作
变得粗糙不堪
大得跟身体不成比例
不能想象曾经
这也是一双纤细的手
画出工笔仕女

她与社会格格不入
即便我，也跟她格格不入
她抱定的观念从少女时代就生成
几十年不改变
她是一个洁癖
在没有灰尘的地方
都能看到灰尘
对周围的人也是一样
无论多有出息
在她眼里都有瑕疵

我不能在她身边待很久
待久了就会发生争吵
我不能改变她
她只说她的，也让我难受

我会找到很多借口
尽快离开

她是一个市民
和知识女性的混合体
是一个谨小慎微的处事者
和口无遮拦的批评家的掺和物
她对科学家推崇备至
又对权势五体投地

谁都会钦佩她
是因为离她远
谁都会厌弃她
是因为离她近
小人说她是小人
君子说她是君子
亲人都不愿意靠近她
晚辈对她都不孝敬

她走在人群中间
只是一个空空的躯壳
她跟他们中的每一个人说话
思想却在别处
她不是一个厌世者
最匮乏的年代她也能活得精致

她的菜篮子与众不同
偶尔也会藏着一条鲫鱼
她能把一碗阳春面
做到你想象无限

她一点也不会创造
所有的知识都来自记忆
她缺乏的是智慧
但她能把知识掌握得如此牢固
她是我的第一个老师
是我所有知识的起点
她的理想是当一个科学家
笃信科学和实业救国
可最终她只是涉及一点科学的常识
而我也早就走上了歧途
她是否有过恋爱
谁也不曾过问
她极尽孝道，终身未嫁
却怨恨父亲没让她走进大学校门

说了一辈子的话
最后的一句没说
写了无数本日记
最后的一篇没写
写满了几乎所有的纸片

但没有最后的一页
她用一把小小的锁
锁住一个最小的箱子
我知道那是交给我的
但没有一句交代

我坐在她的房间里
房间还是带着霉气的清香
家具一尘不染
衣裳整洁如故
闹钟还在固定的时间响起
寂静仍如同她独自一人
但到夜深人静
桌上还会发出窸窣的声响
又一页纸被写满
密密麻麻只有她自己看清

颤抖的手啊
如何让字迹那样清秀
已经迟钝的大脑
还坚守着固有的思想
我怎么知道她此时痛苦吗
这不过是我自己的感受
她一生中只有疲劳
痛苦也需要用时间去体会

也许她能更幸福一点

也许她能减少一点痛苦

幸福永远不会变成习惯

而痛苦早已变成了习惯

为什么她总有那么多事情

每天都做不完

每天都有没做完的事情

要拖到明天

每天都有没看完的报纸

要拖到明天

每天都有没记完的账

要拖到明天

每天都有没写完的信

要拖到明天

到处都是字啊

到处都是写满了字的纸片

到处都有不再出油的圆珠笔芯

那些字穿行在每一本书的字里行间

像穿行在那个城市的大街小巷

她剪了一辈子报纸叫作剪报

寄给谁谁也不看

写了一辈子的信

收件人都懒得打开

学了一辈子英语
没有过任何用途
记了一辈子日记
没有一点秘密

时间像一本相册
一个个方格,一个个的镜头
而今她进入时间隧道
但愿她奔向相反的方向
又退回到中学时代
培养她骄傲的地方
再退回到她的幼年
培养她任性的地方
最后退回到襁褓之中
怀着一颗赤子之心啊

除了我,没有人孝敬她
除了我,甚至没有人想到她
她早已消失了,离群索居
像一头老象离开了象群
没有人还愿意听她的教诲
她对所有人都已经多余
她也不需要墓碑
除了我没有人会去看她

当所有血肉都消失以后
她的脸上只留下一个鹰的鼻子
像浮雕一样镶嵌在脸上
炉火也不能将她烧化
这就是她留给我的最后影像
从此这具肉体就不复存在

一生中有多少伤心事
这一件让我最伤心
一辈子有多少快乐时光
从今以后我不再有快乐
我只想对着一个女人叙述
这个人的往事
只要她能陪我一起哭泣
一起叹息

一条越走越短的路

以前她不停地走路
路被她走得越来越短
天蒙蒙亮,我还在睡觉
她就提着篮子出门
穿过一条小巷,又走入另一条小巷
像去跟一个同伙接头
然后走进一个菜市场
像对暗号一样说话
(又来啦,今天早!
不早不早,今儿阴天。)
交了钱,借着拿菜
把情报换到自己手里
她的爹爹已经老态龙钟
在家里等着她回来侍候
她的姆妈在床上
咿咿呀呀说着胡话

日复一日地
像钟点一样到达指定位置
就有人说,看这个阿姨回来的时候
你就要上学去啦!
后来她住进老年公寓
把父母的照片挂在墙上
没有人需要她侍候了
也没有人侍候她
路越来越短
终于,她走不出那个院子
终于,她下不了楼
终于,连屋子也出不来
她回想一九三七年大撤退
跟着父母向后方转移
走过雁荡山,走过青田
从长沙大火到桂林山水
郭德洁骑在马上检阅学生军
让她好不羡慕
这一生就这么走过来的
终于止步在一张床前
温暖的阳光绕着日晷
日复一日地为她代步

回　家

她们结伴而行
在回家的路上
一群孩子，高矮不一
她们走在回家的路上

书包呢
书包丢在了路上
同学呢
同学都在哪里
我感觉她们要问
我们的家为何如此安静

妈妈
变得爱哭了
妈妈
现在爱生气

妈妈
是穿着旗袍的妈妈
妈妈
穿着紫红的高跟鞋

跟所有的孩子一样
她们都在长大
分不出男女
一群孩子,高矮不一
妈妈有个口袋
妈妈是只袋鼠
我们回家吧,妈妈说
这是你们的家

妈妈蹲在水边
看着水母朝她游来
分不清公母的
一群透明的水母
朝着微弱的光游动
张嘴呼吸

妈妈守在树下
在等蝉蛹爬出地面
看它们碰到阳光的那刻
伸出乳白的翅膀

在空气中慢慢变化
直到飞翔

如今妈妈在想象里
想象草原的冬天也开满鲜花
一群羔羊，大小不一
在她裙下窃窃私语
她发出的叹息
让何人心碎

回家的路上
她们结伴而行
一直走到梦的深处
妈—妈

碑

他们永远躺着
他们的名字站着
从前他们给我压岁钱
今后我给他们压岁钱

告别仪式

又一次聚会
是因为又一个人
想看一看我们
用闭上的眼睛

那条船啊

我的孩子在那条船上
那条船啊是他们的母亲
我的孩子们
他们在那条船上

那个撑船人不是个好船长
我的孩子一个个掉到水里

那条船啊
是一具绵柔的母体
我的孩子一个个瑟瑟发抖
我看见他们瑟瑟发抖
她的体温
温暖不了他们
那条船啊
是一根细长的树干

还带着青绿的树叶
漂流而下
我的孩子站在一排
像一群可怜的鱼鹰

那个撑船的人
他不是好船长

那个撑船人
抵挡不住风浪
我的孩子他们不是水手
一个个掉在水里
我的孩子掉在水里
他们一声不吭
那条船啊
还在顺水漂流

那条船啊
我的孩子的载体
那条船啊空空荡荡
我的孩子他们都掉在了水里
没有了负重
那条船它慢慢沉没

伤心的泪水

也无法将它浮起

那个撑船的人
坐在船头哭泣

生命之圈

小的时候,我——
一不怕苦,二不怕死
死离我很远
在我和死之间
还隔着我爸,我妈,我姨
更远的还有我的外公,外婆
他们都没有死
且轮不到我
墙上挂着的肖像
是我的太公,太婆
他们虽然死了
但没让我看到

我以为生命就是
从他们开始到我结束的一个圆圈
直到有一天

他们中间的一个
死了
——

先是我爷爷,后是我奶奶
开始我还无动于衷
接着是我亲近的外公,外婆
我感到了悲伤
生命的圈圈
再也没有圆上

父辈中的亲人
从此不再幸运
没有了阻隔
他们只能跟死神会面
我的痴呆的姑夫
整日在田野里游荡
我的亲爱的阿姨
熄灭了最后一晚的灯光
我舅母的倩影
让我舅舅魂牵梦绕
我岳父每天都在悔恨
对我岳母的冷漠

一个个开始挂单
走了的没有一个回来

嗜血的野狗

嗅到了死亡的气味

它们无声无息地

靠近我的父母!

尽管我竭力驱赶

它们还是守候在不远处

并非因为恐惧

但我还是心怀叵测

等他们一个一个走完

死亡就会找我验证

我的孩子!

现在只有我

(还有你唠叨的母亲)

横亘在你和死神的中间

说我不怕死

那一定是假的

说我不想死

那也不是真的

但有一点,只要我们不死

死,就离你很远

所以你要跟我们,还有你的爷爷奶奶

重新连成一个生命之圈

大海和蓝天

我的根在山东
荣成的一个渔村
我爷爷闯关东
被他老乡谋财害命
我奶奶改嫁
有了后来的爷爷
我不记得见过他们
始终影影绰绰
我只记得老家朝着大海
被蓝天覆盖

他们早都死了
交代我爸,骨灰都不要
所以我爸交代我
以后他的骨灰也不要领取
我跟我女儿说

不要保留我的骨灰
世界就简单了
只剩下大海和蓝天

不过我还有机会
成为一个优秀的诗人
当火焰和烈酒把我收取后
还会在读者心里留驻
比起他们我还境界不够
牵挂要多一些
总想有一根缆绳
把我拴在海边
一颗心
安置在蓝天深处

到达南京的时刻

到达南京的时刻
是一个心酸的时刻
列车无声地驶进月台
到达的是南京南站
时刻表上
有一个心酸的时刻
注明到站时间
到南京就会让人心酸
谁也不知道
为什么到南京就会心酸
可是到了南京
人就心酸

所有的事都像
是发生在南京的
每一桩事好像

都跟车站有关
因为听到火车
不像从前那样嘶鸣
看到在另一边的站台
还有一节绿皮车厢
火车都在左侧行驶
会车都从右侧来
想到一个人的时候
发觉习惯已久

南京的阳光很清澈
南京的冬天很温暖
南京人像北方人不拘小节
南京人讲话还是不好听
列车缓缓地驶入南京
驶进想象里的人群
南京是个大站
因为我家的缘故
我也不知道
为什么到了南京人就心酸
到达南京的时刻
总是让人心酸

乔布斯

今天早上
会有一亿人为他默哀
会有一千万人为他哭泣
会有一百位总统要参加他的葬礼

他是华盛顿第三位伟大领袖
他是格瓦拉之后第二位伟大导师
他革命的名字叫
创新

记住,你终将死去
他的名言今天证明了他自己
在中国他就是神话
他几乎拯救了美国

许多人知道他要死
许多人在等待他的死讯
让他的辉煌无以复加
他的成就无人企及

乔布斯捡起了
牛顿的苹果
他记住了一个简单的道理
叫万有引力

于是他把他的苹果
变成了地球
地球上所有的人
都掉在了苹果上

他没给穷人捐过一分钱
一生中没有做过一件善事
他似乎不打算做圣贤
但他早已被奉若神明

今天只发生了一件事
乔布斯死了
2011年,世界只有一件事
乔布斯